AF404254

JULIET, dans l'Amour filial, ou la Jambe de bois.

A Paris, chez Huet, rue St. Honoré vis-à-vis les Jacobins; N°. 70.

# L'AMOUR FILIAL,

## OPERA EN UN ACTE.

Par C. A. DEMOUSTIER.

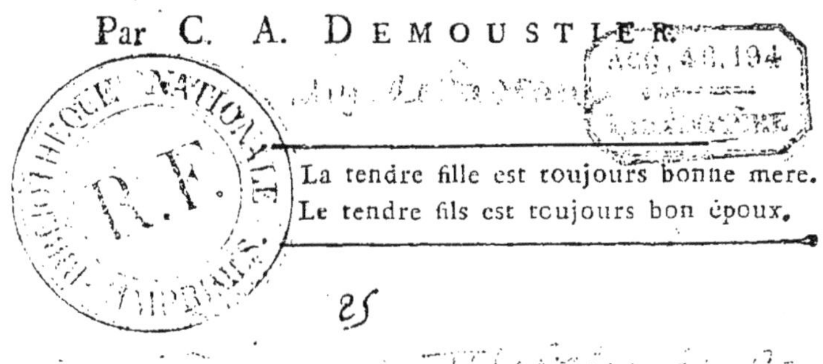

La tendre fille est toujours bonne mere.
Le tendre fils est toujours bon époux.

## A PARIS,

Chez HUET, Libraire, Marchand de Musique &
d'Eſtampes, rue Saint-Honoré, vis-à-vis les
Jacobins, N.º 70, & au Théâtre de la rue Feydeau;

Et chez les Citoyens DENNÉ & CHARON,
Paſſage de la rue Feydeau.

L'an Second de la République.

| PERSONNAGES. | ACTEURS. |
|---|---|
| ARMAND, vieux Guerrier, Pere de Félix. | VALIERE. |
| GERMON, vieux Guerrier, Pere de Louife. | JULIET. |
| FÉLIX. | GAVAUX. |
| LOUISE. | La Cne. Scio. |

La Scène en Suiffe, près de Néfeld.


## AVERTISSEMENT.

Au moment où l'on imprime cet Ouvrage, il est à sa cent quatrième Représentation. Il doit ce succès aux grâces naïves de la Musique et au jeu naturel des Acteurs. Je me fais un plaisir de rendre publiquement cette justice à leur zèle et à leurs talens.

# L'AMOUR FILIAL,

*Le Théâtre représente, dans le lointain, les montagnes de la Suisse ; plus près, des montagnes moins élevées. A droite, une petite cabanne dont on voit l'intérieur ; au milieu du Théâtre, un arbre qui ombrage un banc et une table de gazon.*

## SCENE PREMIERE.

ARMAND, *endormi sous l'arbre.* FELIX.

### FÉLIX.

IL dort encore. Que son sommeil est paisible ! Mon pere , tu souris ! Peut — être tu songes à moi ; ou plutôt tu médites quelque bonne action : ainsi l'honnête-homme jouit, même en songe , & du bien qu'il a fait, & du

*Il l'observe de plus près.*

bien qu'il veut faire. Comme la joie anime son front serein ! comme le zéphir caresse ses cheveux blancs ! je vais les couronner de fleurs. En s'éveillant, il les sentira sur son front ; je sourirai, il s'attendrira , & nous nous embrasserons.

A 2

*Il chante en cueillant des fleurs et formant une couronne.*

### N.º 1.

JEUNES amans, cueillez des fleurs
Pour le sein de votre Bergere.
L'Amour, par de tendres faveurs,
Vous en promet le doux salaire.
Plein d'un espoir encore plus doux,
Dès que le Soleil nous éclaire,
Je cueille des fleurs, comme vous,
Pour parer le front de mon pere.

*Il le couronne.*

### 2.

VOTRE main, au bord des ruisseaux,
Prépare des lits de fougere ;
Vous arrondissez des berceaux
Pour servir d'asyle au mystere.
Comme vous, de ces arbrisseaux
Je courbe la tige légere,

*( Il forme un berceau sur la tête du vieillard. )*
Et de leurs flexibles rameaux
J'ombrage le front de mon pere.

### 3.

EN accourant à son réveil,
Vous tremblez : que va-t-elle dire ?
En sortant des bras du sommeil,
Mon pere, tu vas me sourire.

*( Armand se réveille, apperçoit son fils & lui tend les bras.)*
Vous lui ravissez quelquefois
Un baiser qu'ignore sa mere.
Moi, chaque matin, je reçois
Le premier baiser de mon pere.

*( Il l'embrasse.)*

### A R M A N D.

Bon jour , mon cher Félix , bon jour. Ce
cher enfant ! toujours gai , toujous espiègle ....

*Il se débarrasse des fleurs.*

toujours bon fils !
*En voyant la couronne.*

### F É L I X.

Toujours tendre pere ! . . . Mais comme vous
êtes frais & vermeil !

### A R M A N D.

Que veux-tu, mon ami : je suis vieux & pauvre ,
mais je suis heureux. C'est ici, près de Néfeld, que
j'ai combattu il y a aujourd'hui trente-sept ans.
C'est-là que , couvert de blessures dont je porte
les cicatrices , je fus laissé pour mort ; c'est au
bord de ce ruisseau qu'un jeune soldat me secourut
& périt peut-être victime de son humanité : u
parti ennemi vint l'attaquer ; il m'avait sauvé la
vie ; je ne pus défendre la sienne. Les ennemis
le poursuivirent loin de moi ... s'il a succombé ,
je me reproche sa mort ; s'il vit encore , ma
reconnaissance ne sait où le trouver : voilà mon
unique chagrin. Du reste , je vis content. Tu
es venu fonder notre cabanne sur le champ de
bataille. J'y suis libre & j'espere y vieillir encore.

Mon ami, rien ne fortifie tant un vieux guer-
rier que l'air de la gloire & de la Liberté.

FÉLIX.

Ah ! mon pere, puïſſiez-vous le reſpirer
long-tems ! votre bonheur fera le mien.

ARMAND.

Mon cher Félix, je connais ta tendreſſe pour
ton pere ; tu connais la ſienne pour toi. Aimer
ſon pere, en être aimé, c'eſt un grand bonheur
ſans doute ; mais à ton âge, mon ami, ce bonheur-là ne ſuffit pas.

FÉLIX.

Mon Pere, vous avez nourri mon enfance,
élevé ma jeuneſſe, formé mon cœur, éclairé
mon eſprit. Je jouis des beautés de la Nature
que vous m'avez fait connaître, du charme des
vertus que vous m'avez inſpirées ; le brave,
le vertueux Armand eſt mon pere, mon frere,
mon ami ; que peut-il manquer à mon bonheur ?

ARMAND.

Une épouſe.

FÉLIX, tendrement.

Vous croyez ?

### ARMAND.

UNE femme eſt une amie
Dont l'eſprit, dont la douceur,
Dont le commerce enchanteur
Font le charme de la vie.

### FÉLIX.

UN bon pere eſt un ami
Qui nous guide & nous éclaire.
Ah ! quel ami, ſur la terre,
Peut - on chérir comme lui !

### ARMAND.

SI l'amitié ſuffit à la vieilleſſe,
A la jeuneſſe il faut un peu d'amour.

### FÉLIX.

O mon ami ! payez-moi de retour :
Votre amitié ſuffit à ma jeuneſſe.

### ARMAND.

TU m'aimes. Si le ciel t'accorde des enfans,
Leurs ſentimens feront les mêmes.

Ils t'aimeront . . .

### FÉLIX, *ému.*

Ils m'aimeront . . .

### ARMAND, *vivement.*

Comme tu m'aimes.
*Tendrement.*
Et leur mere :

FÉLIX, *plus ému.*

Eh bien?...leur mere...

ARMAND, *avec feu.*

Peins-toi son amour vertueux :
Son bonheur sera de te plaire ;
Ton devoir sera d'être heureux.

*Félix se trouble.*

Qu'en penses-tu ?....

FÉLIX, *attendri.*

*Après un silence.*

.... Hélas ! mon pere,
Je crois que l'amour le plus doux

*Ensemble.* {

Est celui que je sens pour vous.

ARMAND, *le serrant dans ses bras.*

Mon fils, que cet aveu m'est doux !

FÉLIX.

Mais il est déjà grand jour. Je vais cueillir des fruits pour notre premier repas. Ce dême de verdure sera la salle du festin ; ce gazon, la table ; & vous, mon pere, la compagnie. Je ne réponds pas que le repas soit magnifique, mais je réponds bien de l'amitié des convives.

## S C E N E  I I.
### A R M A N D , *feul.*

*Il étend sur la table une natte de jonc et place*
*quelques corbeilles.*

C E cher enfant, comme il m'aime ! Je plains
bien ceux qui ne connaissent point ce bonheur-là !

### *A I R.*

Q U E je fuis heureux d'être pere !
Mon fils eft mon confolateur.
Jufques à mon heure dernière
Mon cher fils fera mon bonheur ;
Sa main fermera ma paupière.
Que je fuis heureux d'être pere !

Précieufe félicité ,
Doux plaifir de fe voir renaître ,
Tout charme fecret me pénètre
D'une célefte volupté !

Que je fuis heureux d'être pere ! &c...

. Mais qu'apperçois-je là-bas ?... une femme !
Eft-elle jolie ?... elle approche... je vais favoir
à quoi m'en tenir.

## SCENE III.

## LOUISE, ARMAND.

### *D U O.*

**LOUISE**, *arrivant précipitamment.*

AH ! bon vieillard,
Ah ! prenez part
A ma douleur !...

**ARMAND**, *à part.*

Qu'elle est gentille !

**LOUISE.**

Par amitié ,
Prenez pitié
Du chagrin d'une pauvre fille.

**ARMAND.**

Parlez, parlez, ma pauvre fille.

**LOUISE.**

Avez - vous vu passer un voyageur ?

**ARMAND.**

Qu'il est heureux, ce voyageur

**LOUISE**, *avec impatience.*

Avez - vous vu passer un voyageur ?

**ARMAND.**

Vous l'aimez donc ?

LOUISE.

Plus que moi-même.

ARMAND, *riant.*

Ah! c'eft l'innocence elle-même.

LOUISE.

Ne riez point de ma douleur.
On perd, hélas! tout fon bonheur
Quand on perd celui que l'on aime.

ARMAND, *gaîment.*

Je fais qu'on perd tout fon bonheur,
Quand on perd celui que l'on aime.

ARMAND.

Calmez-vous, mon enfant; je viens de le
voir paffer.

LOUISE.

Comment était-il vêtu?

ARMAND, *embarraffé.*

Mais... il avait, je crois, un habit... un habit...

LOUISE.

Rouge?

ARMAND.

Précifément.

LOUISE.

Vous me rendez la vie! De quel côté a-t-il
tourné fes pas?

ARMAND.

Vers cette colline.

LOUISE.

Adieu ; je le suis.

ARMAND, *l'arrêtant.*

Vous ne pourrez jamais le rejoindre, car il courait d'un train !...

LOUISE, *tristement.*

Il courait ?... Ce n'est pas lui.

ARMAND.

En effet, le moyen de courir quand on s'éloigne de vous !

LOUISE.

Ce n'est pas-là la raison, mais c'est qu'il a une jambe de bois.

ARMAND.

Et vous l'aimez ?

LOUISE.

Il ne m'en est que plus cher : c'est la suite d'une blessure honorable qu'il a reçue autrefois.

ARMAND.

Autrefois ? Mais il n'est donc pas jeune ?

**L O U I S E.**

Il a soixante ans.

**A R M A N D.**

Ce n'est donc pas votre amant ?

**L O U I S E**, *baissant les yeux.*

Courrais-je après lui ? & ne devinez-vous pas que c'est mon pere ?

**A R M A N D**, *attendri.*

Votre pere ? Qu'il est heureux ! Ah ! je connais ce bonheur-là... mais êtes-vous sûre qu'il soit dans ces montagnes ?

**L O U I S E.**

S'il n'y est pas encore, il ne peut tarder d'arriver.

**A R M A N D.**

Cette pauvre enfant !... vous paraissez excédée de fatigue ; reposez-vous. Votre pere passera par ici, car nous sommes sur le chemin de la montagne. Entrez dans ma cabanne ; prenez un peu de repos ; je veillerai pour vous.

**L O U I S E.**

J'y consens, car je succombe de lassitude ; mais promettez-moi de m'éveiller dès que vous appercevrez mon pere.

ARMAND, *la faisant asseoir dans la cabanne.*

Oui, mon enfant, je vous le promets. Cette cabanne n'est pas brillante ; mais elle renferme deux trésors bien rares.

LOUISE.

Deux trésors ?

ARMAND.

Oui, l'innocence & la vertu.

*Il sort.*

# SCENE IV.

ARMAND, *sur la scène* ; LOUISE, *dans la cabanne.*

ARMAND.

AH ! mon cher Félix, voilà bien l'épouse qui te conviendrait. L'amour filial a commencé ton bonheur ; l'amour conjugal l'acheverait. Deux époux vertueux, unissant leurs vertus, sont doublement heureux.... Allons le chercher.

*Il s'éloigne.*

## S C E N E  V.

LOUISE, *seule dans la cabanne.*

### T R I O.

.Mes yeux fe ferment malgré moi....
Mon pere, je fuis loin de toi :....
Mais le fommeil me rendra ton image.
*Elle s'endort.*

## S C E N E  V I.

LOUISE, *endormie dans la cabanne ;*
FÉLIX, *portant un panier de fruits*
*& préparant le déjûné.*

ARMAND, *entrant un inflant après lui*
*& l'obfervant.*

### F É L I X.

L'amitié va, fous cet ombrage,
Préfider à notre repas.

#### ARMAND, *à part, en riant.*

C'eft l'Amour qui, fous cet ombrage,
Fera les honneurs du repas.

#### FÉLIX, *entrant dans la cabanne pour*
*chercher fon pere.*

Mon pere ... Ciel ! ...

ARMAND, *à part.*

Il est pris.

FÉLIX.

Que d'appas

ARMAND, *le surprenant.*

Eh-bien, mon ami, que t'en semble?

FÉLIX.

Mais . . .

ARMAND.

Tu rougis ?

FÉLIX, *rougissant.*

Point du tout.

ARMAND, *lui prenant la main.*

Ta main tremble.

FÉLIX, *tremblant.*

Non.

ARMAND, *souriant.*

Puis-je encor suffire à ton bonheur ?

FÉLIX, *regardant tour-à-tour son Pere*
*& Louise.*

Oui . . . vous pouvez suffire à mon bonheur.

ARMAND.

Vois, que de graces, de candeur?

FÉLIX, *agité.*

Par pitié, ménagez mon cœur;
Vous le déchirez !

ARMAND.

**A R M A N D.**

Je l'éclaire.

**L O U I S E**, *endormie.*

Mon pere !

**F É L I X**, *à Armand.*

Elle appelle son Pere !

**L O U I S E**, *tendant les bras.*

Mon pere, ne me quittez pas.

**F É L I X**, *à Armand.*

A son Pere elle tend les bras !

**A R M A N D**, *gaîment.*

C'est à toi qu'elle tend les bras.

**L O U I S E.**

Pourquoi me quitter ? je vous aime.

**F É L I X.**

Je vous aime !

**A R M A N D**, *à Félix.*

Je vous aime !
Que de douceur dans ce mot-là !

**F É L I X**, *mettant la main sur son cœur.*

Ah ! comme sa voix répond là !

**L O U I S E**, *agitée.*

Il me fuit ! qui me le rendra ?.....

**F É L I X**, *s'approchant de Louise.*

L'amour vous le ramenera.

B

LOUISE.

Le croyez-vous ?

FELIX.

Quel trouble extrême ! . . .

*A Armand.*

Elle répond !

LOUISE, *tendant les bras.*

Mon pere, vous voilà!....

*Elle touche Félix, et s'éveille.*

Ah !

*Elle se lève précipitamment.*

FÉLIX.

Raffurez-vous, daignez m'entendre !

LOUISE, *effrayée.*

Non.

FÉLIX.

Ecoutez-moi.

LOUISE, *plus faiblement.*

Non.

ARMAND, *à part, gaîment.*

Elle l'écoutera.

### FÉLIX.

Vous regrettez un Pere tendre :
Reftez dans cet heureux féjour,
Et je pourrai bien vous le rendre.
*Il montre son pere.*

### LOUISE.

Oui, je regrette un pere tendre,
ayerai   du plus tendre amour
Celui qui pourra me le rendre.

### ARMAND, *à part.*

Leurs cœurs commencent à s'entendre.
A leur âge, en parlant d'amour,
Il eft aifé de s'y méprendre.

### LOUISE.

Généreux étrangers, je ne vous connaîs que
depuis un inftant ; & j'aurais déjà peine à vous
quitter, fi ce n'était pour chercher mon pere.

### ARMAND, *la retenant.*

Mais avant de partir, déjeûnons fous cet ombrage. L'amitié fera du repas.

### FÉLIX.

L'amour fera du repas.

### LOUISE, *s'affeyant.*

L'amitié fera du repas.

### FÉLIX, *préfentant une corbeille.*

Voici les plus beaux fruits de notre verger.

B 2

ARMAND, *préſentant.*

Voici...... ( *Louiſe héſite.* )

FÉLIX.

Choiſiſſez ceux de mon pere.

LOUISE.

Je choiſis l'un & l'autre.

*Elle prend dans la corbeille d'Armand, puis dans celle de Félix, qui lui baiſe la main.*

ARMAND.

gaîment à part.                    haut à Louiſe.

Ceci ne va pas trop mal.    Peut-on s'informer du ſujet qui vous a conduite & égarée dans nos montagnes ?

LOUISE.

C'eſt un pélerinage que mon pere projetait depuis long-tems.

ARMAND, *gaîment.*

Le bonhomme eſt donc un peu dévot ?

LOUISE.

Le brave Germon eſt pieux ſans doute ; mais il a peut-être moins de dévotion que de courage, & ſon pélerinage était voué à la Gloire.

ARMAND.

A la Gloire ! le brave homme !

FÉLIX, *à Louiſe.*

Aiſi c'eſt la Gloire qui chez nous a conduit l'Amour.

**L O U I S E.**

Dites, la Reconnaiſſance & l'Amitié.

**A R M A N D,** *à part.*

Complimens d'un côté, embarras de l'autre….
Je crois que je ſuis de trop ici. ( *Il se lève* )
Ma chere enfant, vous allez pourſuivre votre
route : le vin eſt le lait des voyageurs ; je vais
vous chercher une bouteille qui…!……

**L O U I S E.**

Je ne bois jamais de vin.

**A R M A N D.**

Une petite pointe fortifie le cœur, & le vôtre
en a, je crois, beſoin dans ce moment.

**L O U I S E,** *troublée.*

Point du tout.

**A R M A N D.**

D'ailleurs c'eſt mon fils qui vous le verſera, &
vous pouvez compter ſur ſa diſcrétion.

**L O U I S E.**

Sur ſa diſcrétion!

**F É L I X,** *tendrement.*

En douteriez-vous ?

**L O U I S E,** *à Armand.*

Allons, je m'en rapporte à lui…. ou plutôt
à vous.                                     B 3

ARMAND, *à part.*

Je crois que je ne ferai pas mal d'être un peu long-tems à trouver cette bouteille. *Haut.* Adieu, mes enfans.

## SCENE VII.

### LOUISE, FÉLIX.

LOUISE.

COMME il vous aime, votre pere!

FÉLIX.

Et comme il eſt payé de retour !

LOUISE.

J'en peux dire autant du mien..... (*triſtement.*) Et votre mere?....

FÉLIX, *attendri.*

Et la vôtre ?

LOUISE.

Hélas !

FÉLIX.

Je vous entends.

LOUISE, *pleurant.*

Les malheureux ſe devinent.....

### F É L I X.

Et s'aiment.....

### L O U I S E, *pleurant.*

Ah ! pardonnez-moi les pleurs que je vous fais répandre. Perfonne moins que moi ne voudrait vous caufer du chagrin.

### F É L I X.

Ces larmes-là font douces, & fur-tout quand elles font partagées.

### L O U I S E.

Vous me le faites éprouver.

### D U O.

### F É L I X & L O U I S E.

Ma mere au printems de fa vie

### F É L I X.

Mourut.

### L O U I S E.

Mourut

### *Enfemble.*

En me donnant le jour.

### *Chacun à part.*

Ah ! quelle étrange fympathie !
Même malheur & même amour.

### FÉLIX.

Mon pere, en regrettant une épouse fidelle,
Hérita de l'amour que j'aurais eu pour elle.
Ce sentiment, jusqu'à ce jour,
A fait le bonheur de ma vie.

### LOUISE, *à part.*

Ah ! quelle douce sympathie !
Même bonheur & même amour.

### *Haut.*

Mais peut-être bientôt la vieillesse ennemie
Va d'un pere chéri me priver sans retour :
Ah ! cette crainte empoisonne ma vie.

### FÉLIX ; *à part.*

Ah ! quelle tendre sympathie !
Mêmes craintes & même amour.

### *Ensemble.*

Grand Dieu ! si je perdois mon pere,

### LOUISE.

Je serais seule sur la terre.

### FÉLIX.

Je languirais seul la terre.
Encor, si j'avais une sœur !

### LOUISE.

Encore, si j'avois un frere !

### FÉLIX.

Elle partagerait le poids de ma douleur.

### LOUISE.

Il me soulagerait du poids de ma douleur.

FÉLIX.

Ah ! que n'êtes-vous ma sœur !

LOUISE.

Ah ! que n'êtes-vous mon frere !

*Ensemble.*

Oui, si vous perdez votre pere.

LOUISE.

Louise sera votre sœur.

FÉLIX.

Félix sera votre frere.

LOUISE.

Je me sens déjà votre sœur.

FÉLIX.

Je me sens déjà votre frere.
Ma tendre sœur !

LOUISE.

Mon tendre frere !

---

# SCÈNE VIII.

LOUISE, FÉLIX, *à table.*

ARMAND, *une bouteille à la main.*

ARMAND, *à part, les voyant prêts à s'embraffer.*

A MERVEILLE ! avertiffons-les charitablement.

*Il touffe, & crie de loin :*
Heum ! Heum ! Patience ! voilà que j'arrive.
*à Louife, gaîment..*
Pardonnez-moi, Mademoifelle de m'être fait attendre.

### LOUISE.

Attendre ? au contraire.

### ARMAND.

C'eft que cette bouteille était fi bien cachée, qu'il m'a fallu remuer près d'un cent de fagots pour la déterrer ; & cette befogne m'a tenu plus d'un gros quart-d'heure.

### FÉLIX, *à Louife.*

Un quart-d'heure ! auriez-vous cru cela ?

### LOUISE.

Pas plus que vous.

### ARMAND, *débouchant la bouteille.*

Je ne fais, Mademoifelle, fi vous aurez été contente de ce jeune homme.

### LOUISE.

'Affurément.

### ARMAND.

C'eft que, pour faire fa cour aux Dames, il n'a pas encore un certain jargon.

LOUISE.

Ah ! tant mieux !

ARMAND.

Il a l'efprit & le cœur tout neufs.

LOUISE.

C'eft un défaut malheureufement bien rare.

ARMAND.

Et puis il n'eft pas naturellement jovial.

FÉLIX.

Eh ! mon Pere . . . . .

ARMAND, *regardant les yeux de Louife.*
Tenez, je gage qu'il ne vous a pas fait rire.

LOUISE, *troublée.*

La confiance vaut mieux que la gaîté.

ARMAND.

Eh-bien ! moi , à fon âge , j'aurois fait rire
les treize–Cantons.

*Remettant la bouteille à Félix, qui fert.*

Ceci me rappelle encore ma bonne humeur.

*Ils boivent.*

Allons, mes enfans , je bois à votre bon
voyage.

LOUISE, *vivement.*

N'en ferez-vous pas ?

ARMAND.

Tenez, ma belle enfant, quoique je n'aie
pas une jambe de bois, moi, je fens bien que
je n'ai plus mes jambes de quinze ans. Ma
cabanne eſt fur le chemin de la montagne ; je
ferai mieux, je crois, d'attendre ici votre
Pere, tandis que vous irez le chercher là-haut
avec mon fils.

LOUISE.

Mais, feule avec un jeune homme ?....

ARMAND.

Oh ! je vous réponds de fa circonfpection ; je
fuis fa caution auprès de vous. Il eſt digne de
votre confiance, & je crois même que vous
ne la lui avez pas tout-à-fait refufée.

LOUISE, *héſitant.*

Mais....

ARMAND, *l'interrompant.*

*T R I O.*

ARMAND.

ALLONS, donnez-lui le bras,
Pour vous remettre en voyage.

FÉLIX.

Allons, donnez-moi le bras,
Pour vous remettre en voyage.

LOUISE.

Allons, donnez moi le bras,
Pour me remettre en voyage.

ARMAND.

L'Amitié conduira vos pas.

LOUISE.

L'Amitié conduira nos pas.

FÉLIX, *à part.*

Amour, daigne guider nos pas.

*Ensemble.*

Allons, donnez-$\frac{\text{lui}}{\text{moi}}$ le bras,

L'Amitié conduira $\frac{\text{vos}}{\text{nos}}$ pas.

ARMAND, *à Louise.*

Si vous ne rencontrez pas
Votre pere dans le voyage,
Que vers mon petit hermitage
L'Amitié ramène vos pas.

LOUISE.

Vers votre petit hermitage
L'Amitié conduira mes pas.

*Ensemble.*

Allons, donnez $\frac{\text{lui}}{\text{moi}}$ le bras,

Pour $\frac{\text{vous}}{\text{me}}$ remettre en voyage.

Allons, donnez-$\frac{\text{lui}}{\text{moi}}$ le bras;

L'Amitié conduira $\frac{\text{vos}}{\text{nos}}$ pas.

*Ils s'éloignent; Armand les rappelle.*

ARMAND, *à part à Félix.*

Sur-tout, mon fils, soyez bien sage.

FÉLIX.

Près de la vertu l'on est sage.

ARMAND.

Ne vous fatiguez pas; adieu.
De tems en tems, à l'abri du feuillage,
sur le gazon reposez-vous un peu.

LOUISE, FÉLIX.

De tems en tems, à l'abri du feuillage,
Nous nous reposerons un peu.

ARMAND, *à part.*

Sur-tout, mon fils, soyez bien sage.

FÉLIX.

Près de la vertu l'on est sage.

*Tous trois.*

Allons, donnez-$\frac{lui}{moi}$ le bras,

Pour $\frac{vous}{me}$ remettre en voyage;

Allons, donnez-$\frac{lui}{moi}$ le bras,

L'amitié conduira nos pas.

*Tandis que les enfans s'éloignent, & qu'Armand rentre dans sa cabanne, Germon arrive au pied de la montagne.*

# SCENE IX.

GERMON, *seul, ayant une jambe de bois, & s'appuyant sur un bâton.*

TOUT accablé que je suis de fatigue & d'inquiétude, je me sens ranimer à l'aspect de ces lieux. C'est ici que j'ai remporté ma première victoire ; c'est ici que, par une bonne action, j'ai acquis le premier de tous les biens, l'estime de soi-même. On peut être indigent, mais jamais pauvre avec ce bien-là... Mais il en est un autre que mon cœur regrette : Louise, ma chere Louise !... C'est ma faute aussi !... j'ai voulu parcourir seul ces montagnes, j'ai voulu faire le jeune homme, & j'ai perdu le soutien de ma vieillesse.... Elle souffrira peut-être de fatigue & de besoin, tandis que moi-même, affaibli par l'âge & la faim.... Reposons-nous.

*Il s'assied sous l'arbre, & voit le repas servi.*

Mais que vois-je ? un repas préparé !... ainsi le Ciel ne laisse jamais une bonne action sans récompense : c'est ici que j'ai fait le bien ; c'est ici que le bien s'offre à moi.

*Gaîment.*

Ma foi, profitons-en.

*Il mange avidement.*

Voilà des fruits délicieux... Comment donc !
& du vin?

*Il boit.*

Mais c'est qu'il est excellent.

## SCENE X.

### ARMAND, GERMON.

ARMAND, *à part, sortant de la cabanne.*

QUE vois-je ?

GERMON.

Mais excellent ! c'est dommage en vérité de
boire seul ce vin là....

ARMAND, *à part, regardant sa jambe.*

C'est lui !

GERMON.

Et de n'avoir pas un ami pour trinquer avec lui.

ARMAND.

Eh ! c'est vous ! soyez le bien-venu ; je vous
attendais avec impatience.

GERMON, *se levant avec surprise.*

Moi ?

ARMAND.

Vous.

GERMON,

**G E R M O N**, *gaîment.*

En ce cas, trinquons enfemble.

**A R M A N D**, *s'affeyant.*

Volontiers.

**G E R M O N.**

Pardon, fi je me fuis mis feul à table; mais,
en vérité, je ne me doutais pas que vous m'at‑
tendiez.

**A R M A N D.**

Mon fils eft allé vous chercher.

**G E R M O N**, *triftement.*

Vous avez un fils ? Ah ! ne le quittez jamais.

**A R M A N D.**

Je l'aime trop pour le quitter.

**G E R M O N.**

Et lui ?

**A R M A N D.**

Il me chérit autant que votre fille vous aime.

**G E R M O N.**

Que ma fille ! .. comment favez‑vous ?

**A R M A N D.**

Elle était ici tout‑à‑l'heure.

**G E R M O N.**

Ciel !

C

ARMAND.

Vous occupez fa place.

GERMON.

Et où eft-elle maintenant ?

ARMAND.

Elle vous cherche avec mon fils.

GERMON, *vivement.*

Avec votre fils !

ARMAND.

Oui, un garçon fage comme moi, qui fuis Grenadier depuis quarante ans : il vous la ramenera.

GERMON.

Bientôt ?

ARMAND.

Dans une heure, peut-être.

GERMON, *triftement.*

Dans une heure !

ARMAND.

Allons, buvez—un coup pour prendre patience.

*Il verse.*

Cela fait couler le tems.

GERMON, *gaîment.*

Oui, le vin & l'amour.

ARMAND.

Quant à l'amour, je crois que c'eſt pour nous l'hiſtoire ancienne.

GERMON.

C'eſt à préſent le tour de nos enfans.

ARMAND,

Eh-bien ! mon fils prétend, lui, n'être amoureux que de ſon Pere.

GERMON.

Et ma fille, ne me jure-t-elle pas ſans ceſſe que ſa tendreſſe pour moi ſuffit à ſon bonheur ?

*Ensemble.*
Ces chers enfans !

ARMAND.

En honneur , mon fils m'édifie ; il vaut mieux que moi, ſans vanité.

GERMON.

Et ma fille donc, ne me fait-elle pas faire des réflexions ſur mes petites fredaines ?

ARMAND.

La bonne conduite des enfans n'eſt que trop ſouvent la leçon des Peres.

## COUPLETS.

QUAND j'avois l'âge de mon fils,
A mon Pere j'étais foumis.
J'aimais, j'honorais fa vieilleffe ;
Mais mon cœur mettait de côté
Un peu d'amour pour la Beauté.
J'ai bien payé tribut à la tendreffe .....
.Lorfque j'en avais le moyen ;
Mais à mon fils je n'en dis rien,
Je n'en dis rien.

### GERMON.

Vous faites bien.

### GERMON.

Moi, voici mon raifonnement :
Puifqu'on doit chérir tendrement
Ceux à qui l'on doit la lumiere,
Ne négligeons point les Amours ;
Ils font les auteurs de nos jours.
J'ai bien brûlé de l'encens à Cythere....
Lorfque j'en avais le moyen ;
Mais ma Louife n'en fait rien.

### ARMAND.

Vous faites bien.

### GERMON.

Des brunes, j'étais amoureux.

ARMAND.

Les blondes me convenaient mieux.

*Ensemble.*

J'aimais les unes & les autres.

GERMON, *attendri.*

Quels souvenirs délicieux !

ARMAND, *de même.*

Les larmes m'en viennent aux yeux !

GERMON.

Vous me direz vos exploits.

ARMAND.

Vous les vôtres.

*Ensemble.*

Mais entre nous cet entretien :
Que nos enfans n'en sachent rien !

## SCENE XI.

ARMAND, GERMON, *sur le devant de la scène.*

FÉLIX, *paroissant sur la montagne, & appercevant* GERMON *avec son Pere.* LOUISE, *arrivant un moment après lui.*

FÉLIX, *appellant.*

Louise !

ARMAND, *écoutant.*

J'entends la voix de mon fils.

GERMON.

Et ma fille ?

ARMAND.

Elle est avec lui.

GERMON, *regardant.*

Je ne l'apperçois pas.

ARMAND, *écoutant.*

Paix donc !

FÉLIX, *appellant.*

Louise !

ARMAND.

Il l'appelle.

LOUISE, *sans être vue.*

Félix !

GERMON.

Elle répond !

LOUISE, *approchant sans être vue.*

Félix . . ! . . . .

FÉLIX.

Accourez – donc !

LOUISE.

LOUISE, *arrivant essoufflée sur la montagne.*

Avez-vous vu mon Pere ?

FÉLIX, *le lui montrant de loin.*

Le voici.

GERMON & ARMAND, *la voyant paraître.*

La voici !

*Germon, soutenu par Armand, court vers
sa fille et trébuche à chaque pas.*

LOUISE, *se précipite vers son pere & tombe
à plusieurs reprises.*

FÉLIX *la porte jusques dans ses bras.*

ARMAND, *montrant ce tableau à Félix.*

Comme ils sont heureux, mon ami !

FÉLIX, *dans les bras d'Armand.*

Eh ! ne le sommes-nous pas aussi !

### GERMON.

Que de bonheur à-la-fois ! je retrouve ma fille, & je contemple auprès d'elle ces lieux témoins des mes premiers combats.

### ARMAND.

Camarade, il y a long-tems que vous avez combattu pour la première fois.

### GERMON.

Il y a aujourd'hui trente-sept ans.

### ARMAND, *vivement.*

Trente-sept ans ! serait-ce à la bataille Néfeld ?

### GERMON.

J'y combattais à la place même où nous sommes.

### ARMAND.

Et moi à vingt pas d'ici.

### GERMON.

Je vois encore l'ordre, le plan & la marche de la bataille.... Écoutez ceci, mes enfans, & quand vous jouissez des douceurs de la Liberté, n'oubliez jamais que vous la devez au sang de vos

Perès.... Les ennemis étaient campés fur le penchant de cette colline : leur aîle gauche s'étendait le long de ces rochers.

A R M A N D.

Juftement : près de la vallée, s'avançait notre corps de bataille ; là, notre aîle droite ; ici le corps de réferve.

G E R M O N , *vivement.*

Précifément . . . j'en étais fergent.

A R M A N D , *ôtant fon chapeau.*

Sergent ! & moi caporal.

G E R M O N , *ôtant fon chapeau & montrant<br>les enfans.*

Caporal ! . . . Voilà des enfans de braves gens.

A R M A N D.

Oui , braves ! Cependant le nombre nous accabla , & nous fûmes contraints de plier au premier choc ; moi-même je tombai mourant.

G E R M O N.

Oui, mais le corps de réferve étoit là.

A R M A N D.

Il fut notre fauveur.

G E R M O N , *avec feu.*

A qui le dites-vous ?.... A la vue de nos

freres terraſſés, la fureur nous tranſporte ; nous tombons comme la foudre ; tout cède, tout ſe diſperſe, tout s'anéantit devant nous ; mais les corps de nos ennemis amoncelés em-barraſſent nos pas, favoriſent la retraite des fuyards, & la multitude des morts ſauve le reſte des vivants.

ARMAND, *tranſporté de joie.*

Je vois encore tout cela. Vous me rajeuniſ-fez de trente-ſept ans !

GERMON, *ſe mettant en garde.*

J'en renverſai quatorze à ma part.

ARMAND.

Quatorze !.... Et moi donc !.... ſi je n'euſſe pas été bleſſé.

GERMON.

Mais je fis mieux encore.

ARMAND.

Mieux ! comment ?

GERMON.

Là, je ſauvai la vie d'un compatriote.

ARMAND.

Jeune ?

GERMON.

De vingt ans.

ARMAND, *vivement.*

Et c'eſt là ?....

GERMON.

Que j'étanchai le ſang qui ſortait de ſa poitrine, & qu'un peloton d'ennemis me ſurprit
& me pourſuivit juſqu'aux montagnes.

ARMAN, *à part.*

C'eſt lui !

GERMON.

Je fus bleſſé.

ARMAND.

Bleſſé !....

GERMON.

Oui ; mais en récompenſe, depuis ce tems,
pour prix de mes exploits, j'ai l'honneur de
porter une jambe de bois.

ARMAND, *ſe jettant dans ſes bras.*

Mon cher libérateur !

GERMON, FELIX, LOUISE.

Ciel !

ARMAND.

Ce jeune homme.... cette bleſſure mortelle...

GERMON.

Eh-bien !

ARMAND, *découvrant ſa poitrine.*

Reconnaiſſez la cicatrice.

GERMON, *vivement.*

Oui, je la reconnais.... laiſſez-moi la conſidérer.... mes larmes m'empêchent de la voir. (*Ils s'embraſſent*) Mon brave camarade!

FELIX.

Hélas! pourquoi faut-il que le ſalut de mon pere. vous coûte ſi cher!

GERMON.

Mon ami, la vie d'un honnête homme ne coûte jamais ce qu'elle vaut.

ARMAND.

Mais cette infirmité....

GERMON.

Eſt pour moi une ſource de jouiſſances continuelles, puiſque je ne puis faire un pas ſans me rappeller que j'ai eu le bonheur de ſauver mon concitoyen & mon ami.

### ARMAND.

Oui, votre ami inséparable! Mon exiſtence
eſt à vous; je l'attache à la vôtre, & vous ſui-
vrai juſqu'à la mort. Hélas! pour la première
fois, je regrette les dons de la fortune. Si le
fort m'en eût favoriſé, avec quelle joie je les
euſſe partagés!

### GERMON.

Eh! mon ami, ne ſommes-nous pas aſſez
riches l'un & l'autre avec ces deux tréſors?

*Il montre les enfans..*

### ARMAND.

Il eſt vrai.

### FÉLIX.

Eh-bien! pour doubler votre fortune, uniſ-
ſez vos richeſſes.

### LOUISE, *à part.*

Ah!

### ARMAND, *à part à Germon.*

Mais comment nous y prendre?

### GERMON, *à part à Louiſe.*

Ma Louiſe, que me conſeilles-tu?... Eh-
bien! mon enfant, tu dis donc que?...

### LOUISE.

J'imagine un moyen.

### FÉLIX.

Quel eſt-il?

LOUISE.

Si nous pouvions élever notre cabanne à côté de la vôtre?

ARMAND.

Nous formerions un treizième Canton.

GERMON.

*gaiment.*

Oui, nous en ferons les fondateurs. Pour vous, mes enfans, la suite vous regarde.

ARMAND.

En conséquence,


VAUDEVILLE.

MES chers enfans, unissez-vous,
Vous serez heureux, je l'espere.
La tendre fille est toujours bonne mere,
Le tendre fils est toujours bon époux.
De votre amitié conjugale
Naîtront de jeunes successeurs
Qui vous feront éprouver les douceurs
De la piété filiale. *bis.*

### GERMON.

En hiver ainſi qu'au printems,
Le bonheur naît de la tendreſſe :
L'homme à vingt-ans adore ſa maîtreſſe,
A ſoixante ans il chérit ſes enfans.
    Par les premiers feux qu'il exhale,
    L'amour enivre notre cœur :
Sont-ils éteints, il fait notre bonheur
    Par la piété filiale.                    *bis.*

### LOUISE & FÉLIX.

Sous deux vénérables ormeaux
Qui les couvrént de leur feuillage,
Deux rejetons à-peu-près du même âge,
En s'élévant uniſſent leurs rameaux.
    A la tendreſſe conjugale
    Vous prêtez votre ombre aujourd'hui ;
Vous trouverez quelque jour un appui
    Dans la piété filiale.                   *bis.*

### LOUISE, *au Public*

De la Vertu, ſans ornement
On doit toujours peindre l'image.

Ne cherchez point d'esprit dans cet ouvrage,
Il n'est dicté que par le sentiment.
Pour en pratiquer la morale,
Embrassez vos parens ce soir,
Et par amour remplissez le devoir
De la piété filiale.                    *bis.*


FIN.


A Paris, de l'Imprimerie des SOURDS-MUETS,
rue du Petit-Musc, près l'Arsenal.

www.ingramcontent.com/pod-product-compliance
Ingram Content Group UK Ltd.
Pitfield, Milton Keynes, MK11 3LW, UK
UKHW022336120726
13694UKWH00004B/1600